Ana está furiosa

Christine Nöstlinger

Ilustraciones de Arnal Ballester

ediciones SM Joaquín Turina 39   28044 Madrid

Colección dirigida por **Marinella Terzi**

Primera edición: septiembre 1992
Sexta edición: septiembre 1997

Traducción del alemán: *Carmen Bas*
Ilustraciones: *Arnal Ballester*

Título original: *Anna und die wat*
© Jugend un Volk Verlagsgesellschaft m.b.H., 1990
© Ediciones SM, 1992
   Joaquín Turina, 39 - 28044 Madrid

Comercializa: CESMA, SA - Aguacate, 43 - 28044 Madrid

ISBN: 84-348-3773-0
Depósito legal: M-29940-1997
Fotocomposición: Grafilia, SL
Impreso en España/Printed in Spain
Orymu, SA - Ruiz de Alda, 1 - Pinto (Madrid)

Había una vez
una niña llamada Ana
que tenía un problema muy grande.
Siempre se estaba poniendo furiosa.
Mucho más deprisa
y muchas más veces
que los demás niños.
¡Terriblemente furiosa!

Cuando se enfadaba,
las mejillas se le ponían
rojas como tomates,
los cabellos se le erizaban,
crujían y lanzaban chispas,
y sus ojos gris claro brillaban
negros como cuervos.

Cuando Ana estaba furiosa,
tenía que gritar y berrear,
tenía que patalear con los pies
y golpear con los puños.
Tenía que morder, escupir
y pisotear.

A veces, se tiraba al suelo
y daba golpes a su alrededor.
Ana no podía hacer nada
para evitar aquellos enfados.

Pero nadie lo creía.
Ni su madre,
ni su padre,
ni los otros niños.

Se reían de ella y decían:

—¡Es imposible jugar con Ana!

Y lo peor era que,
cuando Ana estaba furiosa,
se metía con todos
los que estaban cerca de ella.
Incluso
con los que no le habían hecho nada.

Cuando tropezaba y se caía
mientras estaba patinando,
se ponía furiosa.
Y si se acercaba Berti
para ayudarla a levantarse,
Ana gritaba:

Yo —¡Déjame

n paz, tonto!

Si quería peinar con trenzas
a su muñeca Anita
y no lo conseguía,
porque el pelo de la muñeca
era demasiado corto,

se ponía furiosa
y lanzaba a Anita contra la pared.

Si le pedía un caramelo a su madre
y ella no se lo daba,
se ponía furiosa
y pegaba un pisotón a su padre.
Sólo porque los pies de él
estaban en ese momento
más cerca de Ana
que los de su madre.

Si Ana construía una torre
y ésta se caía
antes de estar terminada,
se ponía furiosa
y lanzaba las piezas por la ventana.

No le importaba
darle al gato en la cabeza.

Cuando más furiosa se ponía
era cuando se reían de ella.
Hasta llegaba a lanzarse
sobre los chicos mayores.

¡Pero los mayores eran
mucho más fuertes que ella!

Un día,
dos la agarraron de los brazos
y dos la agarraron de las piernas.
Y corrieron por todo el parque
mientras Ana chillaba y maldecía,
y ellos gritaban:
—¡Cuidado, cuidado,
que va a explotar de la furia!
Los demás niños
no paraban de reír.

A veces, ella misma
se hacía daño cuando
se ponía furiosa.
    Una vez, golpeó

la pata de la
mesa

y se torció el tobillo.

Otra vez,
se dio con la

puerta

y el codo se le puso morado.

En una ocasión,
se mordió un dedo
con tanta fuerza,
que hasta le salió sangre.
Tuvo que pasarse dos semanas
con el dedo gordo vendado.

–¡Esto no puede conti
–dijo su madre–.
Ana, tienes que aprender
a tragarte tus enfados.

uar así!

Ana se esforzó por conseguirlo.
Cada vez que sentía
que la furia se apoderaba de ella,
se la tragaba.
Para poder tragar mejor,
se bebió litros y litros de agua.
Pero sólo consiguió tener hipo
y que le pesara la tripa.
Y aún se enfureció más.

—¡Esto no puede continuar así!
–dijo su padre–.
Ana, si no te la puedes tragar,
simplemente evita que aparezca.

Ana se esforzó mucho.
Como no quería
que apareciera la furia,
huyó de los chicos mayores,
y de los pequeños también.
Así nadie se reiría de ella.

No fue más a patinar.

No volvió a jugar con Anita.
No pidió caramelos a su madre.
No construyó más torres.

Tampoco volvió al parque.
Se quedó en casa,
sentada en su habitación,
en su sillón de mimbre,
con los codos
sobre las rodillas
y mirando fijamente hacia delante.
—¡Esto no puede continuar así!
–dijeron sus padres.
—¡Sí! –afirmó Ana–.
Si me quedo aquí sentada,
no habrá nada que me enfurezca.

39

—¿No quieres hacer punto?
–preguntó su madre.

—¡No! –respondió Ana–.
Se me saldrá un punto
y me pondré furiosa.

—¿No quieres mirar por la ventana?
–preguntó su padre.

—¡No! –respondió Ana–.
Puedo ver algo que me ponga furiosa.

Y se quedó sentada
en su sillón de mimbre
hasta que el domingo
llegó el abuelo de visita.

Traía un tambor y dos palillos
para su nieta.

Dijo:

—Ana, con el tambor
asustarás a la furia.

Al principio,
la niña no se lo creyó.
Pero como el abuelo
nunca le había mentido,
decidió probar.

Primero,
tenía que ponerse muy furiosa.

Así que sacó las piezas,
construyó una torre
y le dijo al abuelo:

—¡Si no llega a medir dos metros,
me dará un ataque de furia!

No llegaba a un metro de altura,
cuando se cayó.

—¡Qué porquería! –gruñó Ana.

El abuelo le puso los palillos
entre las manos,
le sujetó el tambor
con un cinturón,
¡y Ana empezó a tocar!

El abuelo no la había engañado.
¡El tambor asustaba a la furia!

A Ana hasta le daba risa
ver la torre caída.

Durante todo el domingo,
Ana hizo cosas
que siempre la hacían enfadar.
Quería ponerse furiosa enseguida.
Así que empezó a coser un botón.
Al momento,
se le hicieron cuatro nudos
en el hilo
y sintió que se le erizaba el pelo.

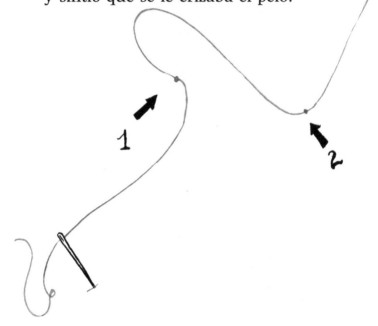

Rompió el hilo
y empezó a tocar el tambor.
Su pelo volvió a ser
tan suave como la seda.
¡Su furia había desaparecido!

Luego, corrió al cuarto de estar
y encendió el televisor.
Ponían una película policiaca.
Su madre, que no se las dejaba ver,
apagó el televisor.
Las mejillas de Ana
se pusieron rojas de furia.

Tuvo que tocar el tambor
durante mucho tiempo,
pero volvió a conseguirlo.

El color rojo desapareció,
y estaba totalmente tranquila
cuando, por fin, dejó el tambor.

El lunes,
Ana fue al parque
con el tambor.

—¡Aquí llega la niña furiosa!
–gritó un chico,
y los demás se rieron.

Los ojos de Ana brillaban,
negros como cuervos,
mientras golpeaba el tambor
y desfilaba delante de los chicos.

Los niños abrieron asombrados
los ojos y la boca,
y empezaron a marchar detrás de Ana.

Ana dio tres veces
la vuelta al parque.
Luego,
dejó caer los palillos del tambor.
Los niños aplaudieron y gritaron:
—¡Qué bien tocas el tambor!
Y lo decían de verdad.

Desde entonces
Ana lleva siempre,
de la mañana a la noche,
el tambor atado a la cintura.
Los palillos cuelgan de su cinturón.
Y ningún niño dice ya:

¡Ana es

como una cabra!

Todos quieren jugar con ella.
Siempre le están diciendo:
—¡Anda, sé buena,
toca un poquito el tambor!
A Ana le gusta portarse bien.
Y, poco a poco,
se le está olvidando
la manera de ponerse furiosa.

59

EL BARCO DE VAPOR

SERIE BLANCA (primeros lectores)

EL BARCO DE VAPOR

SERIE AZUL (a partir de 7 años)